Théodore BOTREL

Le " Chansonnier des Armées "

LE VIEUX POILU

Comédie en 1 Acte

NIORT

H. BOULORD, Libraire Éditeur

15, Place du Temple

LE VIEUX POILU

Théodore BOTREL

Le " Chansonnier des Armées "

LE VIEUX POILU

Comédie en 1 Acte

NIORT

H. BOULORD, Libraire-Éditeur

15, Place du Temple

—

PERSONNAGES

LE PÈRE JACQUES, vieil engagé volontaire, 62 ans, barbe grise, cheveux blancs.

LE CAPITAINE MAUREL, 35 ans.

AUGUSTE ROUSSET, 27 ans, moustache et cheveux rouges.

TRIPETTI, commerçant à B...-s.-S...

L'action se passe au cantonnement du XXXᵉ régiment d'infanterie, à B...-s.-S... (ne soyons pas trop précis). Le décor représente un coin de grange dans une vieille ferme. Petite table à droite et sièges rustiques ; lits de camp en fils de fer treillagés recouverts de paille. Pendus au mur : des musettes, des casques, des baïonnettes, des bidons et des quarts mêlés à des tamis, à des harnachements de chevaux de labour, à des rateaux, à des fourches, à des fouets, etc.

LE VIEUX POILU

SCÈNE PREMIÈRE

LE PÈRE JACQUES, AUGUSTE ROUSSET

Au lever du rideau, la scène est vide. Soudain, la porte du fond s'ouvre brusquement, Rousset apparaît, un peu nerveux, et parle à la cantonade.

ROUSSET, *accent faubourien*

Allons ! vieux Poilu, « radine à la taule » et plus vite que ça ! Gi ! Allonge !

LE PÈRE JACQUES, *entrant*

Ah ! dame ! c'est que je n'ai pas tes jambes de vingt ans, moi !

ROUSSET

Boucle la lourde.

LE PÈRE JACQUES

Hein ?

ROUSSET

Ferme la porte, quoi ! Tu ne sais pas le français !

LE PÈRE JACQUES

Ah ! bon !

(*Il va fermer la porte.*)

ROUSSET, *sortant de la poche de sa capote
un litre de vin de Porto*

V'là l'enfant !...

LE PÈRE JACQUES

Tiens ! d'où diable cela sort-il ?

ROUSSET

Du Bazar de l'Alimentation, donc.

LE PÈRE JACQUES

Je ne t'ai pas vu...

ROUSSET

T'avais le blair collé sur les cartes postales.
C'est du « pinard » (1) de première, tu sais. Tiens,
lis ça !

LE PÈRE JACQUES, *lisant l'étiquette du flacon*

Porto supérieur.

ROUSSET

C'est plus doux que la « gniaule » (2)

LE PÈRE JACQUES

Mâtin ! tu te mets bien !

ROUSSET

C'est pour arroser ma « perme ». Je l'avais
promis aux « potes ».

(1) Vin.
(2) Eau-de-vie.

LE PÈRE JACQUES

Hein !

ROUSSET, *l'imitant*

Hein ?... hein ?... Ah ! mon pauvre vieux poilu, ton éduque est entièrement à refaire : Ce vin là, que je dis, je l'avais promis aux poteaux, aux copains, quoi, pour arroser ma permission. Ils vont pouvoir s'en coller plein la lampe !

LE PÈRE JACQUES

Alors, tu pars pour Paris, demain ?

ROUSSET

Pour Saint-Ouen (1), dès ce soir, 8 plombes, dans la roulante au toubib...

LE PÈRE JACQUES, *qui ne comprend pas*

Ah !... dans la...

ROUSSET

Oui, qui évacue des pâles, des malades, quoi, sur Amiens. Alors, je profite de l'occase !... Six jours à Saint-Ouen, mon vieux ! Quel rêve !

(Mais à ce moment la porte s'ouvre prudemment et la tête de Tripetti se glisse dans l'entrebâillement.)

(1) Il prononce *Sain Houin*, sans faire de liaison.

SCÈNE II

LES MÊMES, *plus* TRIPETTI,
(il est en manches de chemise, tablier, casquette)

TRIPETTI

Ah ! je vous retrouve, mes lascars !

ROUSSET, *à part*

Bons dieux ! le mercanti du Bazar !...

LE PÈRE JACQUES

Comment ! vous nous retrouvez ? Vous nous
aviez donc perdus ?

ROUSSET, *à part*

Il nous a repéré, le chameau !

TRIPETTI

Ah ! bandits, vous me la paierez !

LE PÈRE JACQUES

Qu'est-ce qui le prend ?

ROUSSET

Il est saoûl... ou bien louftingue !

TRIPETTI, *montrant la bouteille sur la table*

Et je ne me trompe pas : voilà le corps du
délit. Parfait ! Nierez-vous que vous me l'avez

volé, mon Porto, hein ? pendant que j'étais occupé à servir des dix clients à la fois ? Lequel de vous deux qui l'a barboté ?

LE PÈRE JACQUES

Non, mais dites donc, vous ! Pour qui nous prenez-vous ?

TRIPETTI

Pour ce que vous êtes : des chapardeurs que je vais dénoncer, et dare-dare... On m'a déjà filouté deux boîtes de sardines ! Ça ne peut pas durer plus longtemps comme ça ! C'est ma gosse, qui vous a vus. « Papa, qu'elle m'a dit, les deux hommes qui traversent la place, là-bas, t'ont pris une bouteille et sont partis sans payer ». Je n'ai fait qu'un bond et me voici. Allons, voyons, qui qu'a fait le coup ?

LE PÈRE JACQUES *et* ROUSSET, *ensemble*

Pas moi, pour sûr !

TRIPETTI

Evidemment.

LE PÈRE JACQUES, *regardant, de coin, Rousset*

Est-ce que, par hasard ?... (*A Rousset.*) Dis donc, Rousset, puisque tu es sûr de toi, défends-nous avec plus d'ardeur, toi qui connais mieux que moi le patron du bazar.

ROUSSET, *gêné*

Pour des expliques, c'est macache et midi

sonné ! Je suis trop fier pour discuter avec des mercantis de ce calibre-là !

LE PÈRE JACQUES, *fixé*

Ah !

TRIPETTI

Dites donc, là-bas, quand vous aurez fini de vous concerter à voix basse... J'attends une réponse catégorique, moi !

LE PÈRE JACQUES

Inutile de crier ainsi !... Allons, combien votre bouteille ?

TRIPETTI

Cinq francs.

LE PÈRE JACQUES, *sortant son porte-monnaie*

C'est pour rien ! Tenez, les voici...

TRIPETTI, *repoussant l'argent*

Trop tard, mes petits agneaux, trop tard ! Ça serait trop commode ! Non ! non ! Il faut un exemple, que je vous dis : on m'a déjà refilé de deux boîtes de sardines...

LE PÈRE JACQUES

Vous l'avez déjà dit.

TRIPETTI, *tirant un papier*

Je le répète... J'ai demandé vos noms à vos camarades : primo, le père Jacques, surnommé le « Vieux Poilu », et, deuxiémo, Eugène Rousset, dit l'Roussi, dit l'Rouquin.

ROUSSET

A cause de mes cheveux blonds.

TRIPETTI

Mais un seul coupable me suffira. Une dernière fois, lequel de vous deux dois-je dénoncer au commandant du cantonnement?

ROUSSET

Il est évacué.

TRIPETTI

Son remplaçant provisoire vient de s'amener. Un jeune capitaine qui sort de l'état-major de la Division. Et un type pas commode, à ce qu'il paraît : c'est ce qu'il me faut. On m'a déjà barboté deux boîtes de sardines...

LE PÈRE JACQUES

On le saura.

ROUSSET, *rageur*

Hé ! remportez-le, votre sale Porto ! Après tout, ne dirait-on pas ! On se f...iche de votre fiole, vous savez : tenez, la voilà !

(Il la lui met sous le bras.)

TRIPETTI, *la remettant sur la table*

C'est justement parce que je ne veux pas qu'on s'en fiche plus longtemps que je vous la laisse.

LE PÈRE JACQUES

Mais puisque l'on vous dit...

TRIPETTI

Ah! et puis, débrouillez-vous ensemble, hein! Moi, je vais déposer ma plainte...

LE PÈRE JACQUES

Monsieur Tripetti, vous ne ferez pas cela!

TRIPETTI

Non ?... des fois que je vais me gêner! (*En sortant.*) A tout à l'heure !

ROUSSET

Tripetti, je te boufferai les tripes !

SCÈNE III

LE PÈRE JACQUES, ROUSSET

LE PÈRE JACQUES, *qui est allé fermer la porte, dit tristement, après un silence gêné, à Rousset, qui s'assied sur la table, à droite.*

Alors, vrai, vous avez fait cela ?

ROUSSET, *roulant une cigarette*

J'te dégoûte, hein ?

LE PÈRE JACQUES

Mais non...

ROUSSET

Mais si : tu me vouvoies. On ne dit « vous »

qu'aux gens qui vous dégoûtent, c'est connu ;
j'ai vu ça, moi, dans un drame au théâtre des
Batignolles : « Désormais. je ne vous tutoierai
plus, marquis ; vous avez agi comme un salo-
piot ! »

LE PÈRE JACQUES

Quelle idée !... mon pauvre enfant ! Je ne t'ap-
prouve ni ne te juge : je te plains. Cette absence
de scrupules tient un peu à ton manque d'éducation première.

ROUSSET

J'ai agi par excès d'honneur, voilà tout !

LE PÈRE JACQUES, *estomaqué*

Tu dis ?

ROUSSET

J'avais promis aux poteaux une bouteille de
fin pinard. Un homme d'honneur n'a qu'une
parole, surtout quand il est natif de Saint-Ouen.

LE PÈRE JACQUES

Un homme d'honneur s'abstient tout d'abord de
prendre le bien d'autrui.

ROUSSET

Des phrases ! Tu connais les prix du père
Tripetti, hein ? Eh bien ! moi, je dis que reprendre
dix ronds à un filou qui vous en a chipé qua-
rante, reprendre une thune à un voleur qui vous

en a barboté quatre. c'est pas un crime : c'est
une reprise individuelle.

LE PÈRE JACQUES

Ça, c'est une opinion personnelle.

ROUSSET

C'est la mienne, et j'la partage. Prends-là pour
ce qu'elle vaut.

LE PÈRE JACQUES

Elle ne vaut pas cher.

ROUSSET

Et puis, j'avais l'intention de la lui payer, sa
vinasse ! Je reviendrai de perme cousu d'or ; je
rapporterai bien dans les vingt à trente francs.
Alors, je serais allé trouver le mercanti et j'y
aurais dit comme ça : « Tiens, vieux filou, v'là la
thune que je t'ai empruntée l'autre jour. » Merci !
qu'il m'aurait dit, sans comprendre... mais sans
hésiter à empocher. (*Un temps.*) Mais n'empêche
qu'avec toutes ces giries, voilà ma perme dans le
siau !

LE PÈRE JACQUES, *s'asseyant sur un escabeau,*
près de lui, et bourrant sa pipe

Il y a des chances pour...

ROUSSET

Et ça me désole...

LE PÈRE JACQUES

Tant que ça ?

ROUSSET

Plus que ça ! car faut te dire que je me suis déjà fait supprimer par gourderie ma première perme... Tu parles s'il y a de quoi avoir le cafard... Dix-huit mois que j'ai pas vu Saint-Ouen, ni ma môme, ni mon petit salé...

LE PÈRE JACQUES

Tu dis ?

ROUSSET

Car je suis marié, tu sais, et pour de vrai; pas derrière la « maireric », mais dedans... et, même avec la bénédiction du curé. C'est du solide, quoi! Et avec une petite poule d'un sérieux !...

LE PÈRE JACQUES

Que fait-elle, Mme Rousset?

ROUSSET

Elle est « ouverrerière couturerière » dans la plus grande maison de Saint-Ouen, mon vieux !... C'est une fille de bonne famille. Sa mère a de grandes relations...

LE PÈRE JACQUES

Ah !

ROUSSET

Oui, elle est femme de ménage chez les « bor—

geois » les plus douillards. Même qu'elle fait celui, de ménage, de la belle-mère du frère du maire de Saint-Ouen. Ainsi !

LE PÈRE JACQUES

Fichtre !

ROUSSET

Si mes beaux-parents apprennent jamais c'te fichue histoire, ça en fera un raffut ! Le « dab » à Céline...

LE PÈRE JACQUES

Le quoi ?

ROUSSET

Décidément tu ne comprends rien de rien : Le père à ma conjointe (si c'est comme ça qu'il faut te parler) est capable de me déshériter, lui qu'est si fier, lui qu'est un haut fonctionnaire de l'Etat.

LE PÈRE JACQUES

Fonctionnaire ?

ROUSSET

... de l'Etat, oui : gardien d' « esquare » !

LE PÈRE JACQUES

De quel square ?

ROUSSET, *gêné*

Ah ! je vais te dire : c'est un esquarre et c'est pas un esquarre... C'est plus grand qu'un esquarre et c'est fréquenté par des gens plus tranquilles (*un temps*) : il est gardien au cimetière de Saint-Ouen.

LE PÈRE JACQUES

Mais tu disais un haut fonctionnaire...

ROUSSET

Un haut... tu parles : c'est un ancien tambour-major... qu'a au moins 1 m. 90 ! Et puis j'avais des espérances...

LE PÈRE JACQUES

Lesquelles ?

ROUSSET

Je m'avais dit comme ça : « Mon vieux Gugusse, si t'as de la chance pendant la campagne : si tu dégottes la croix de guerre et la médaille militaire...

LE PÈRE JACQUES

Gourmand !

ROUSSET

Si, par-dessus le marché, t'as la veine d'être amputé d'un aileron...

LE PÈRE JACQUES

L'ambition te perdra !

ROUSSET

...Ou d'une guibolle, c'est peut-être toi qui auras l'honneur de remplacer le daron à Céline quand il prendra sa retraite. Ah ! dame ! j'ai pas sa taille...

LE PÈRE JACQUES

Tu serais un petit fonctionnaire, voilà tout.

ROUSSET

Voilà tout... Et puis, si j'étais mutilé, ça ferait la balance.

LE PÈRE JACQUES

Très vrai : d'être ainsi glorieusement diminué, tu t'en trouverais grandi ! *(un temps)* Et tu es père de famille !

ROUSSET, *tirant une photographie de sa poche*

Un peu ! Tiens, allume voir c'te frimousse. C'est mon petit Toto sur les genoux de sa mémère. Il a encore une « limace » comme une fille.

LE PÈRE JACQUES, *prenant la photographie.*

Ils sont charmants tous deux. *(Il la garde à la main.)*

ROUSSET

Deux ans et demi qu'il a Toto... Mais bons dieux ! j'y pense... Il en a quatre à présent ! Il est f...ichu d'être en culbute... et je ne vais plus le reconnaître ! Ah ! non, vrai, tu sais... cette seconde perme ratée... ça me dévore !... C'est bête : V'la que je chiale, moi, à c't'heure. *(Il s'essuie les yeux).*

LE PÈRE JACQUES

Du courage, Rousset! Ça s'arrangera peut-
être!... *(Un temps)*. Tout s'arrange ici-bas. *(Un
temps)*.

ROUSSET

Dis donc, vieux Poilu?

LE PÈRE JACQUES

Oui ?

ROUSSET

T'as de la famille, toi?

LE PÈRE JACQUES

Plus guère, hélas! Ma femme est morte voici
plus de dix ans... et je me dis, parfois, que c'est
tant mieux... car c'est une époque bien dure pour
les mamans que celle où nous vivons!

ROUSSET

Vous n'aviez pas de gosses?

LE PÈRE JACQUES

Si : deux. Le plus jeune, mon beau René, a été
tué. dans les tranchées d'Argonne, en Mai der-
nier... et c'est pour le venger que je me suis engagé.

ROUSSET

On t'aidera! Compte sur nous!... Et l'autre?

LE PÈRE JACQUES, *hésitant*.

Ah! l'autre... Dame! l'autre...

ROUSSET

Compris !... Je n'insiste pas : il a mal tourné, pas vrai ?

LE PÈRE JACQUES

Mal tourné, mon brave Jean !... Ah ! non, bien sûr !...

ROUSSET

Où qu'il est, alors, à c' t' heure ?

LE PÈRE JACQUES

Je ne sais pas au juste... Mais, pas loin d'ici : au front, comme les camarades.

ROUSSET

Enfin, quoi !... t'as personne qui t'espère à la « piaule ».

LE PÈRE JACQUES

Où ça ?

ROUSSET

Dans ton patelin !

LE PÈRE JACQUES

Personne.

ROUSSET

Tu te f...iches un peu des permissions présentes et futures ?

LE PÈRE JACQUES

Ah ! certes oui !

ROUSSET

Alors... sauve-moi la mienne.

LE PÈRE JACQUES

Comment ?

ROUSSET, *hésitant*

Dis que c'est toi...

LE PÈRE JACQUES

Quoi... moi ?

ROUSSET

Que c'est toi qu'as barboté le pinard.

LE PÈRE JACQUES, *se levant indigné.*

Comment ! tu voudrais ?...

ROUSSET

C'est des services qu'on se rend entre copains :
à charge de revanche, à la première sale blague
que tu feras... Sait-on jamais !

LE PÈRE JACQUES

Tu es bien aimable... mais...

ROUSSET

Tu refuses, vieux Poilu ?... C'est ton droit... et
je ne t'en veux pas !... Rends-moi ma photo... et
n'en parlons plus !

LE PÈRE JACQUES,
contemplant encore le portrait.

Il est mignon, ton petit Toto... Blond ?

ROUSSET, *se tirant les cheveux.*

Comme son dab.

LE PÈRE JACQUES

Frisé ?

ROUSSET

Comme sa daronne.

LE PÈRE JACQUES

Il ressemble à mon petit René... quand on l'a ramené de nourrice.

ROUSSET

Un an et demi que je ne l'ai pas bécotté... Tu dois comprendre si ça me démange...

LE PÈRE JACQUES

Regrettes-tu, au moins, ce que tu as fait au-d'hui !

ROUSSET

Ah! sûr!... D'autant qu' c'est plutôt raté !

LE PÈRE JACQUES

Tu ne recommenceras plus !

ROUSSET

Pas si bête ! Je te le jure, tiens... sur... sur : sur ma « Rosalie ». *(Il étend sa main vers sa baïonnette pendue au mur de droite.)* C'est sacré, ça, hein ?

LE PÈRE JACQUES

Oui, c'est le geste reflexe de Roland jurant sur sa « Durandal ».

ROUSSET

Ça se peut ! De quelle compagnie qu'il est, ton Laurent ?

LE PÈRE JACQUES, *souriant*

C'est de l'Histoire... très ancienne.

ROUSSET

Si ancienne que ça ? Un vieux Poilu aussi, alors ?

LE PÈRE JACQUES

Très vieux ! Neveu d'un plus poilu encore puisqu'il s'appelait Charlemagne-à-la-barbe-fleurie. La France, vois-tu, mon petit, a été faite et sera sauvée par des Poilus.

ROUSSET

Tu expliques bien les choses... pour un type qui ne jaspine pas trop bien le français ; et tu aurais toutes les qualités, vois-tu, si...

LE PÈRE JACQUES

Si je me faisais coffrer comme chapardeur à ta place.

ROUSSET

Voilà !

LE PÈRE JACQUES, *regardant la photo*

Eh bien !... c'est entendu !

ROUSSET, *sautant de sa table*

Vrai ? (*Il lui prend la main.*) Non, bien vrai ?... Ça colle ?

LE PÈRE JACQUES

Ah! ne me remercie pas. Ce.n'est pas pour toi que je fais ce gros sacrifice. Tu n'en vaux guère la peine.

ROUSSET

Pour qui, alors ?...

LE PÈRE JACQUES, *lui rendant la photo*

C'est pour ton petit Toto.

ROUSSET

Eh! bien! je te promets que la première « babillarde » (1) qu'il pourra écrire tout seul sera pour toi... à seule fin de te remercier de ce que tu fais, aujourd'hui, pour sa crapule de petit papa.

SCÈNE IV

Les mêmes, TRIPETTI
et le **CAPITAINE MAUREL**

(Le Capitaine parle d'un ton sec, un peu cassant, qui s'adoucira subitement, bientôt, chaque fois qu'il s'adressera au Père Jacques).

TRIPETTI, *entrant*

Tenez, mon Capitaine, voilà les individus en question.

(1) Lettre.

ROUSSET

A vos rangs ; fixe ! (*Le Père Jacques et lui saluent et restent dans la position rigide réglementaire*).

LE CAPITAINE, *à Tripetti*

Individu vous-même, dites donc !

LE PÈRE JACQUES, *à part*

Oh ! cette voix !

LE CAPITAINE, *continuant*

Ceux qui se font trouer la peau pour vous, sont des soldats... et non pas des individus, entendez-vous ?

ROUSSET, *à part, ravi*

Voyez caisse, Monsieur la Tripe !

TRIPETTI, *très plat*

Excusez, mon officier. Y avait pas mauvaise intention...

LE CAPITAINE

C'est bon ! (*Aux deux soldats.*) Repos, vous autres !... (*A Rousset.*) Ton nom, toi, l'artiste !

ROUSSET

Rousset, de Saint-Ouen, mon Capitaine, Auguste Rousset, dit le Roussi, dit le Rouquin... à cause de couleur de mes « tiffes... », pardon, de mes cheveux.

LE CAPITAINE. *souriant*

Le fait est que la nature t'a gâté comme soleil couchant. (*Il lui tire l'oreille.*) Alors, c'est toi qui as chapardé le pinard ? (*Prenant la bouteille.*) Du Porto ! Mâtin ! Monsieur a la goule fine !

ROUSSET, *s'étranglant*

Non, c'est pas moi, mon Capitaine... C'est... C'est... (*Il montre, du menton, le père Jacques.*)

LE CAPITAINE

Ah ! (*Au père Jacques, tourné de trois quarts.*) Comment te nommes-tu, toi ? (*Silence.*) Dis donc, je te parle, il me semble ! (*Silence.*) Puis, si tu zyeutais un peu ton interlocuteur ?

ROUSSET, *admiratif*

Comme il s'exprime bien !

LE PÈRE JACQUES, *se tournant, les yeux baissés*

Mon Capitaine...

LE CAPITAINE, *tressaillant*

Ah ! mon Dieu !... (*Il s'appuie à la table.*)

TRIPETTI

Ça vous estomaque, hein, de voir un vieux lascar de cet acabit ? Oh ! Faut pas s'y fier, vous savez : C'est souvent plus ficelle qu'un jeune !

LE CAPITAINE, *violemment, la cravache haute*

Qui vous interroge, vous ?...

ROUSSET, *à part*

Voyez caisse !

TRIPETTI, *reculant*

Excusez !

LE CAPITAINE

Et puis, faites-moi demi-tour, par principe, je vous prie ! Nous avons du linge sale à laver en famille... et vous n'en êtes pas, vous, de la famille ! Restez à ma disposition dans la cour de la ferme.

TRIPETTI

Je ne suis pas plus méchant qu'un autre, mon officier... mais, on m'a déjà barboté deux boîtes de sardines, vous comprenez, alors...

LE CAPITAINE, *le sortant*

Allez, ouste !

ROUSSET, *radieux*

Il me va, moi, ce capiston-là ! Mais qu'est-ce que l'pauvre vieux Poilu va prendre pour son rhume !

SCÈNE V

LE CAPITAINE, LE PÈRE JACQUES
et ROUSSET

LE CAPITAINE, *posant son képi sur la table et venant se planter devant le Père Jacques.*

Alors, c'est vous !...

ROUSSET, *approuvant de la tête*

C'est lui !

LE PÈRE JACQUES

Cela t'ennuie... de me voir là ?

ROUSSET, *à part*

Il tutoie le Capiston !

LE CAPITAINE

Oh ! Dieu, non !

ROUSSET, *à part*

Qu'est-ce qu'il va prendre !

LE CAPITAINE, *tendant les bras au Père Jacques*

Quelle joie, bien au contraire, de se revoir. (*Ils s'étreignent.*)

ROUSSET, *à part*

Comment ! ils se sucent la pomme !

LE PÈRE JACQUES

Jean ! mon brave Jean !

ROUSSET

Hein ?

LE CAPITAINE

Quinze mois, mon père, quinze mois que je ne
vous ai vu !... Et, depuis !,..

ROUSSET

Son père !

LE PÈRE JACQUES, *s'essuyant les yeux*

Oui, depuis... Pauvre petit René.

LE CAPITAINE

On le pleurera plus tard : après la Vengeance !

ROUSSET, *à part*

Saperlipopette !

LE PÈRE JACQUES

Alors, je me suis engagé, vieille bête esseulée
que j'étais, pour tâcher d'être, tout de même,
utile au Pays... et tâcher aussi de te voir, dans
l'ombre, de loin en loin... Vrai ? Tu ne m'en
veux pas ?

LE CAPITAINE

Je vous aime, mon père et vous admire !...

ROUSSET, *à part*

Je crois que je suis trop... (*Il remonte discrètement.*)

LE CAPITAINE, *sèchement à Rousset*

Fixe ! (*Rousset salue et s'immobilise.*)

LE PÈRE JACQUES

Tout le monde m'ignore, tu sais ; il y a trois
Maurel déjà au régiment ; pour tous, je suis le Père
Jacques ou, plus simplement encore, le « Vieux
Poilu ».

LE CAPITAINE

Mon cher, si cher vieux Poilu !

LE PÈRE JACQUES

Et, puisque le hasard t'amène dans mon régiment et me place sous tes ordres, ignore-moi, toi
aussi, dans le service ; et sois sévère.

LE CAPITAINE, *riant*

Si je serai sévère ! Comment donc ! je vais
pouvoir prendre une revanche de vos sévérités
d'antan, quand j'étais, moi, haut comme ça, sous
vos ordres.

LE PÈRE JACQUES

Je fus donc un papa si terrible ?

LE CAPITAINE

Effroyable ! Aussi : dent pour dent ! Vous m'a-
vez privé une fois de promenade, je me le

rappelle, pour avoir fait l'école buissonnière : je vous priverai de tranchées à la première occasion.

LE PÈRE JACQUES, *souriant*

Tu ne feras pas cela !

LE CAPITAINE

Une autre fois, vous m'avez tiré les oreilles pour avoir traité notre cuisinière de vieille tourte...

LE PÈRE JACQUES

Tu ne me tireras pas les oreilles, à moi, tout de même ?

LE CAPITAINE

Non, mais, comme me voici major du cantonnement, je vous tirerai... du rang, pour faire de vous mon secrétaire...

ROUSSET, *à part*

Il l'a, le filon !

LE CAPITAINE, *terrible*

Je vous embusquerai... au « front » !

LE PÈRE JACQUES

Cruel enfant ! (*Ils se prennent les mains et rient.*)

ROUSSET, *à part*

Vraiment, je trouble leurs « infusions » de famille. (*Il remonte sur la pointe des pieds.*)

LE CAPITAINE, *sèchement*

Fixe!... Mais, au fait, si nous en finissions avec ce pistolet. (*Au père Jacques.*) Qu'est-ce que c'est donc que cette stupide affaire de vin volé?

LE PÈRE JACQUES

Oh! tu sais, le vrai voleur, au fond...

LE CAPITAINE, *souriant*

... N'est pas celui qu'on « pince ». Je m'en doute ; mais il y a plainte et je dois instrumenter.

LE PÈRE JACQUES, *souriant*

Terrible instrumenteur !

ROUSSET, *à part*

Menteur... c'est pour moi qu'il dit ça.

LE CAPITAINE, *à Rousset*

Alors, tu prétends être innocent de ce délit?

ROUSSET

Comme l'éléphant qui vient de paître, mon capitaine !

LE CAPITAINE

Et tu connais le coupable?

ROUSSET

Je vous l'ai désigné tout à l'heure, mon capitaine... (*Du menton, il désigne encore le père Jacques.*)

LE CAPITAINE

Qui ?

ROUSSET, *même jeu*

Lui.

LE CAPITAINE

Qui, lui ? Où ?

ROUSSET, *même jeu*

Qui, lui, où ?... là, là ! (*A part.*) Tyrolienne !

LE CAPITAINE

Mais je ne vois personne, là, bougre d'animal...
personne autre que mon père... (*Rousset fait
« oui » de la tête.*) Et j'espère que tu ne te per-
mets pas de soupçonner, d'accuser mon père,
d'avoir...

(*Rousset continue à faire oui de la tête.*)

LE CAPITAINE, *fou de colère*

Ah ! mais, je vais t'étrangler, moi, tu sais...

LE PÈRE JACQUES, *l'arrêtant*

Jean !... je t'en prie...

LE CAPITAINE

Mais vous n'entendez donc pas ce que dit cet
homme ?...

LE PÈRE JACQUES

Si cet homme disait la vérité, cependant !

ROUSSET, *crachant par terre et étendant la main.*

Toute la vérité, rien que la vérité !

LE CAPITAINE

Ah ! non ! laissez-moi rire ! La farce est drôle.

LE PÈRE JACQUES

Hélas ! c'est une triste farce et qui dégénère en tragédie, puisque le mercanti est sans pitié.

LE CAPITAINE

Non. alors vous prétendriez ?...

LE PÈRE JACQUES

Je prétends avoir... oublié de payer cette bouteille.

LE CAPITAINE

Vous n'êtes pas homme à oublier...

LE PÈRE JACQUES

On vieillit, tu sais.

LE CAPITAINE

Allons donc !... Vous, l'orgueil de notre corporation, vous l'honnête homme scrupuleux jusqu'à l'excès, vous l'honneur personnifié, vous être abaissé à chaparder un litre de vin !... Ah ! non, ne me faites pas, à moi, votre fils, l'outrage de supposer un seul instant que je vais prendre au sérieux cette plaisanterie. (*Il remonte en haussant les épaules.*)

LE PÈRE JACQUES, *à part*.

Brave enfant !

ROUSSET, *à part, se grattant le front*

Nom de d'là de nom de d'là !

LE PÈRE JACQUES

Ah ! je comprends qu'il te soit pénible de rougir de ton père. Il m'en coûte assez, à moi, de rougir devant mon fils...

ROUSSET

Ah ! et puis ; en v'là déjà trop comme ça, hein ? J'en ai *mare* (1) à la fin, moi ; et je ne veux pas voir les cheveux blancs de mon vieux poilu rougir de honte ! Mes tiffes, à moi, sont déjà rouges : ça se verra pas !

LE PÈRE JACQUES

Tais-toi donc ! *(au capitaine)*. Ne l'écoute pas !

ROUSSET

Si, qu'il m'écoutera ! Il me va, moi, ton capiston de fils, autant que son père me botte. Allons ! Saute-lui donc au cou comme une vieille médaille : Je ne veux pas, moi, entends-tu, que vous ayez du chichi entre vous à cause de cette vieille canaille de Rousset, dit l'Roussi, dit l'Rouquin ! Mon capitaine, faites-moi boucler, fusiller, guillotiner et pendre, pour finir, si c'est la loi, car c'est mézigue (2) et pas un autre qu'a barbotté la fiole de pinard. Voilà ! *(A part, s'essuyant le front.)* Ouf ! ça va mieux !

(1] Assez.
(2) Moi.

LE CAPITAINE

Parbleu ! je le savais bien ! Mais pourquoi tous ces mensonges ?

ROUSSET

Je devais partir en perme à Saint-Ouen ce soir. J'avais promis aux pottes de leur rincer la dalle avec du « fin ». Alors (*il retourne ses poches*), comme y avait pas un rotin dans mes profondes, j'suis allé à la foire d'empoigne. Mais l'Tripetti d'malheur s'est amené... Alors, votre daron... oh ! pardon !...

LE CAPITAINE

Va donc !

ROUSSET

On sait vivre ! Monsieur votre daron s'a avoué coupable pour me sauver ma perme. C'était rien bath, ça, pas ?

LE CAPITAINE

Cela ne me surprend pas de lui.

LE PÈRE JACQUES

Tu en aurais fait autant à ma place.

LE CAPITAINE

Peut-être.

LE PÈRE JACQUES

Car c'est un bon enfant, tu sais, au fond, que ce Rousset.

LE CAPITAINE

Il m'en a l'air.

LE PÈRE JACQUES

Honnête... dame, à sa façon ; bon camarade, brave dans les tranchées à vous en donner la chair de poule ; intelligent avec cela.

ROUSSET

Ah ! c'que j'me gobe !

LE PÈRE JACQUES

Et puis, il m'a sauvé la vie ou presque : oui, figure-toi qu'il m'a prêté son masque alors que j'avais égaré le mien, le jour des gaz asphyxiants, se contentant, lui, de se pincer le nez et de se mettre une poignée d'herbe entre les dents.

LE CAPITAINE

T'as fait cela, toi, Rousset ?

ROUSSET

Qu'il dit !

LE CAPITAINE

Alors, il faut, à tout prix, arranger cette affaire à l'amiable... pour que l'ami du père Jacques puisse partir en permission ce soir.

ROUSSET

Oh ! si que ça s'pourrait ! Revoir ma môme et mon gosse... pendant six jours... et six nuits !

LE CAPITAINE

Ah ! tu es marié ?

LE PÈRE JACQUES

Mais oui, et à une charmante petite femme...
Montre voir, Rousset. (*Rousset sort sa photo.*)
Une jeune fille de bonne famille, tu sais : son
père, un haut fonctionnaire...

ROUSSET

N'en jette plus, va, mon vieux Poilu. Le capitaine est pour nous : c'est couru !

LE CAPITAINE

Oui, oui. Votre cause est gagnée, mon père.
(*A Rousset.*) Mes félicitations : elle est gironde,
ta bourgeoise et votre jeune salé a un petit blair
tout plein rigolo.

ROUSSET, *se retroussant le nez*

Le mien.

LE CAPITAINE

De belles mirettes...

ROUSSET

Grandes ouvertes comme des lourdes : Kif kif
celles à sa daronne. Dire, que v'là quinze mois
que j'ai pas vu tout ça !...

LE CAPITAINE

T'en fais pas, va. T'auras ta perme, et pas plus
tard que ce soir à cinq plombes.

ROUSSET.

Oh ! mon capitaine, j'suis t'y heureux ! Ah ! le père Jacques peut être fier d'être votre dab. Et puis, au moins, à la bonne heure, on peut s'entendre avec vous ; vous savez parler poilu.

LE CAPITAINE

Faut bien.

ROUSSET

Tandis que lui, voyez-vous, sauf votre respect, c'est à peine s'il comprend le français. Qu'est-ce qu'il peut bien f...iche dans l'civil, j'me le demande !

LE CAPITAINE, *souriant*

Lui ? Il est inspecteur des écoles normales d'instituteurs !

ROUSSET

Ah ! ben, ça promet pour l'éducation de nos lardons ! (1)

LE CAPITAINE

Mais, finissons-en bien vite avec cette stupide histoire.

ROUSSET

Oui, que de chichis pour une fiole de pinard ! (*Il l'empoigne par le goulot.*) Ah ! si je ne me retenais pas, voyez-vous, je lui casserais bien la

(1) Enfants.

gueule contre le mur. Mais je me retiens, car ça n'avancerait à rien et vaut mieux la déboucher proprement ! Si qu'on trinquerait à votre revoyure.

LE CAPITAINE

Bonne idée.

ROUSSET

V'là l'tir'bouche. Au vent, les quarts, vieux Poilu. Amène au capitaine celui du cabot (1). (*Le père Jacques décroche trois quarts et les apporte sur la table pendant que Rousset débouche la bouteille.*) Après de pareilles émotions, rien ne vaut un petit porto pour vous remettre le palpitant (2) en place !

LE CAPITAINE, *goûtant.*

Pas mauvais... mais un peu monté de ton.

LE PÈRE JACQUES, *souriant.*

Oui : Porto de fantaisie.

ROUSSET

Tant plus que ça râcle, tant plus que c'est meilleur !

LE CAPITAINE, *qui boit, jette un cri.*

Ah !

(1) Caporal.
(2, Cœur.

ROUSSET

Vous avalez de travers ?

LE CAPITAINE

Non! une idée qui me vient!... Appelle le bistro.

ROUSSET, *ouvrant la porte.*

Ohé! Monsieur de la Tripette! On vous demande au salon !

SCÈNE VI

LES MÊMES, *plus* TRIPETTI

LE CAPITAINE

Dis plutôt au Tribunal! (*Il s'assied à la petite table un peu à droite.*) Encadrez-moi, vous deux : Vous, mon père, à l'aile droite; toi, Rousset, à la gauche.

TRIPETTI, *entrant.*

Salut, la compagnie.

LE CAPITAINE, *gravement,*
lui montrant un escabeau à gauche.

Accusé, allez vous asseoir.

TRIPETTI

Accusé! Ah! elle est bien bonne, par exemple! Comment, c'est moi...

LE CAPITAINE, *sévèrement*.

Attendez, pour parler, que l'on vous interroge.

ROUSSET

Taisez-vous ! Méfiez-vous !

LE CAPITAINE

Que je vous présente d'abord mes assesseurs : Monsieur Jacques Maurel, mon père...

TRIPETTI

Votre père ?...

LE CAPITAINE

Et Monsieur Auguste Rousset...

ROUSSET

Dit le...

LE PÈRE JACQUES

Chut !

LE CAPITAINE

Notre meilleur ami. *(Rousset se lève et fait une révérence, la main sur le cœur; puis il se rassied gravement.)* C'est vous dire, n'est-ce pas, qu'il ne peut être question de les accuser de vol ni l'un, ni l'autre.

TRIPETTI

Cependant, ma bouteille, cette bouteille, m'a bien été chapardée.

LE CAPITAINE

Pardon... cette bouteille a été saisie chez vous.

TRIPETTI

Saisie ?...

LE CAPITAINE

Saisie, ce qui n'est pas du tout la même chose.

LE PÈRE JACQUES, *à part.*

Où veut-il en venir ?

LE CAPITAINE, *à ses assesseurs*

Vous n'avez pas pris : vous avez saisi ? (*A Tripetti.*) Vous saisissez ?... Non ? Je m'explique.

ROUSSET, *à part.*

Tant mieux.

LE CAPITAINE

Ces deux braves camarades, dignes de toute confiance...

ROUSSET, *à part.*

Et comment !...

LE CAPITAINE

... Avaient été chargés de faire, très discrètement, une enquête sur la façon dont est appliquée par les commerçants du cantonnement, la circulaire du ministre de la Guerre relative à la vente des boissons alcoolisées. Ils avaient ordre de prélever, sans bruit, très discrètement, je le répète...

ROUSSET, *qui commence à comprendre.*

Oh ! si discrètement !...

LE CAPITAINE

De saisir sans éveiller l'attention, si possible,
des échantillons de vin aromatisés, de vins étran-
gers particulièrement, pour qu'ils fussent soumis
à l'analyse aux fins de savoir si leur alcoolisation
n'excède pas les dix-huit degrés autorisés. Ces
braves gens, donc, se sont acquittés de leur mis-
sion avec tact, avec la plus absolue discrétion,
vous évitant tout scandale, avouez-le...

TRIPETTI, *ricanant*

Ils y ont même mis trop de discrétion... et je
trouve étrange...

LE CAPITAINE

N'élevez pas le ton ainsi.

ROUSSET

Méfiez-vous !

LE CAPITAINE

Tout flacon saisi injustement vous était rem-
boursé, bien entendu, dans les vingt-quatre heu-
res ; par contre, procès-verbal doit vous être
dressé si vous êtes en faute. Or, nous l'avons
analysé, votre Porto...

ROUSSET, *dégustant le fond de son quart.*

Longuement analysé...

TRIPETTI, *anxieux*

Et...

LE CAPITAINE

Et procès-verbal va vous être dressé illico...
car sa densité d'alcool dépasse vingt-trois degrés.

ROUSSET, *doucement*

Vingt-trois et demi exactement.

TRIPETTI, *devenant vert*

Alors...

LE CAPITAINE

Alors, mon pauvre ami, votre « Bazar de
l'Alimentation » va être fermé durant un mois.

ROUSSET, *même jeu*

Deux, peut-être.

LE CAPITAINE

Sans préjudice, bien entendu, d'une amende
assez forte : deux cents francs sans doute.

ROUSSET, *même jeu*

Qui sait ? Ça peut monter jusqu'à trois cents...
ou quatre !

TRIPETTI, *désespéré*

Mais c'est ma ruine !

LE CAPITAINE, *se levant*

Désolé ! Vous n'aviez qu'à vous conformer à la
loi. L'affaire est entendue... Vous pouvez vous
retirer, Monsieur.

ROUSSET, *le saluant de la main*

Au revoir... Môssieu !

TRIPETTI, *affolé*

Voyons, voyons... je vous en supplie, soyez indulgents. (*Confidentiellement.*) Nous sommes entre nous, l'affaire ne s'est pas encore ébruitée, ne pourrait-on pas l'étouffer ?... On est en guerre... et le soldat n'est pas riche, chacun sait cela... (*il sort vivement son portefeuille*) et je ferais, volontiers, un petit sacrifice...

LE CAPITAINE

Taisez-vous, malheureux ! Tentative de corruption, maintenant ? Vous aggravez votre cas.

ROUSSET

Vil corrupeteur !

TRIPETTI, *rentrant vivement son portefeuille*

Excusez-moi... je n'ai rien dit... Mais ne soyez pas sans pitié.

LE CAPITAINE

Vous l'êtes bien pour les autres, vous, sans pitié, lorsque vous majorez d'une façon indigne le prix de toutes vos denrées.

TRIPETTI

Je vais rentrer changer mes étiquettes : diminuer tout de cinquante pour cent.

LE CAPITAINE

Vous pouvez le faire, vous y gagnerez encore autant.

TRIPETTI

Songez que je suis père de famille, Messieurs !

LE PÈRE JACQUES

C'est vrai !

ROUSSET

C'est même une de ses mômes qui nous a « donnés »... nous, si discrets, cependant !

TRIPETTI, *rageur*

Ah ! je lui réserve une fameuse paire de calottes, à la petite mâtine, quand je rentrerai, tout à l'heure.

LE PÈRE JACQUES

Il ne manquerait plus que cela, par exemple ! (*Au capitaine.*) Tu vois, finalement, tout va retomber sur une petite tête innocente.

LE CAPITAINE

Voyons ! sur les instances de mon père, je veux bien essayer de faire quelque chose pour vous.

TRIPETTI

Oh ! capitaine !

LE CAPITAINE

La loi dit : « Sera gravement puni tout commerçant qui aura « vendu » à des militaires, etc., etc. » Or, en fait, vous n'avez pas « vendu ».

TRIPETTI, *fou d'espoir*

Mais non... mais non... pas du tout...

LE CAPITAINE, *à Rousset et au père Jacques*

Vous m'assurez bien que vous n'avez pas payé cette bouteille ?

ROUSSET

Pas un rond.

LE PÈRE JACQUES

J'avoue que j'ai proposé à Monsieur de la lui payer tout à l'heure, ici-même...

TRIPETTI, *vivement*

Mais j'ai refusé votre argent, hein ? dites-le au capitaine que j'ai refusé ! Dites-le !...

LE PÈRE JACQUES

C'est vrai !

TRIPETTI, *s'essuyant le front*

Ah ! mon Dieu ! que j'ai donc bien fait de le refuser.

LE CAPITAINE

En ce cas, l'affaire n'ira pas plus loin. Mais ouvrez l'œil !...

TRIPETTI

Ah ! capitaine, que vous êtes bon !

LE CAPITAINE, *un doigt sur les lèvres.*

Et... taisez-vous !

ROUSSET, *même jeu.*

Méfiez-vous !

TRIPETTI

Pas si bête pour aller ébruiter cette histoire !...
J'aurais bien mieux fait de m'arranger entre qua-
tre-z'yeux avec ces Messieurs.

ROUSSET

Nous vous l'avions même conseillé...

TRIPETTI

Mais figurez-vous, capitaine, que l'on m'avait
déjà barboté deux boîtes de sardines...

TOUS

Ah ! assez !

TRIPETTI

Voyons : il me reste encore trois flacons de
Porto indentique à celui-ci. Je vais le couper avec
un bon petit Bordeaux un peu faiblard qui le dimi-
nuera d'une dizaine de degrés ; et ça me donnera
six bouteilles d'un bon petit vin très raison-
nable, bien en règle avec la loi...

LE CAPITAINE, *riant*.

Bref ! vous y gagnerez encore.

TRIPETTI

Voulez-vous me permettre de vous en envoyer
deux ou trois échantillons, mon capitaine ?

LE CAPITAINE

Pour avoir l'air de payer mon silence ? Ah !
Prenez garde !

TRIPETTI

Non, certes... mais je brûle du désir de vous prouver ma reconnaissance.

LE CAPITAINE, *montrant Rousset.*

Si vous brûlez tant que cela... donnez donc cent sous à ce brave poilu qui va partir en permission, tout-à-l'heure, sans un sou en poche.

TRIPETTI, *lui donnant deux coupures.*

Voilà dix francs, mon brave ! Je vous dois bien cela.

ROUSSET, *radieux.*

Ah ! elle est bien bonne !

TRIPETTI, *saluant.*

Sur ce, Messieurs, encore merci... et bonsoir ! (*en sortant*). Ah ! je viens de l'échapper belle, moi ! Oh ! la guerre, l'horrible guerre !

SCÈNE VII ET DERNIÈRE

LE CAPITAINE, LE PÈRE JACQUES *et* ROUSSET

ROUSSET

Capitaine ! vous êtes un homme sublime ! Dans l'armée y avait Joffre... et y a vous !

LE CAPITAINE, *souriant.*

Sublime ? Ce n'est pas tout à fait votre avis, n'est-ce pas, mon père ?

LE PÈRE JACQUES

Le fait est, qu'en conscience, il y aurait beaucoup à redire...

LE CAPITAINE

Bah ! à la guerre comme à la guerre ! Il faut bien se défendre, entre poilus !

ROUSSET, *versant à boire*

Dire qu'il m'a refilé deux thunes ! Je vas pouvoir faire à Saint-Ouen, grâce à lui, une entrée en ribouldingue... (1) Aussi, moi, pas ingrat, je vous propose de porter un kiosque en l'honneur de Tripetti.

LE CAPITAINE

Ma foi, non ! On peut boire à plus nobles santés.

ROUSSET

A celle du vieux Poilu, alors !

LE PÈRE JACQUES, *gravement*

Non, mes enfants, nous ne devons plus boire qu'à la santé de la Patrie !

TOUS TROIS, *choquant leurs quarts.*

A la France !

RIDEAU

(Au front, devant Quennevières, Janvier 1916).

(1) Gaieté.

H. Boulord, Libraire-Éditeur. - Niort

A la même Librairie

www.ingramcontent.com/pod-product-compliance
Lightning Source LLC
Chambersburg PA
CBHW061654180626
46818CB00003B/1096